多梦植物

默木 著

长江出版传媒

长江文艺出版社

诗是我把自己研碎留在世间的痕迹

默木

诗人、作词人、文化学者。毕业于复旦大学。有组诗发表于《诗刊》和《星星》，著有诗集《给未生者的情诗》，获吕剑诗歌奖和"长江杯"诗歌奖。曾为张艺兴、马頔、邓恩熙、南梦夏和安达组合等艺人创作歌词，为《Men's Health》和《外滩画报》等媒体撰写专栏文章。

序

王德峰

　　诗人向来有，不过写诗总是属于少数人的天赋。因为爱诗，我曾经羡慕诗人。今天的诗人少之有少，而名为"诗人"的不少，于是久不读诗。读诗，是要与诗作发生心灵的呼应，那呼应妙不可言。曾经我每每只能与古旧的诗作呼应，在呼应中存有悲哀，而这种悲哀却在新诗中几乎找不到，便只能待在属于它的孤独里了。

　　奇怪的是，这孤独竟被打破了，因为读到了默木的诗。默木是谁？

　　一个敏感到了只能沉默，却又写诗的青年人？一个历经梦幻勘破尘世的觉者、释子？

　　默木的诗岂异于给瞽者说光？但偏给他们写！——恐怕还是给自己写的罢！我又恰好读到了。我是幸运的。我未料到，佛情亦可置于诗中。

　　由此可以相信，诗不仅言志，写情，也能如犀利的刀子，破假辟妄，重启生命最深处的本真。此诗，善哉！

自　序

　　写诗，是造星星，极美却孤独。夜空中早已有了璀璨星河，那些受人瞩目的星星是古诗，照耀文明。那些偏远缥缈的星星是新诗，指向未来。我们觉得"诗"代表着文字的最高审美，将"诗意"设定为生活的至臻境界。但是，一个人忙忙碌碌的一生，能有几个瞬间与星星相伴，很少很少，多是一瞥一念的感怀。而"诗"作为星星一样的存在，是什么颜色，距离欣赏者多么遥远，藏着什么秘密，都是随性的无限的谜。喜欢诗的人不一定能懂诗，也不需要。所以写诗这个造星的行为是极美却孤独的。

　　写歌词，是用文字燃放烟花。文字的烟花一定要闪亮绚烂，不远不近，纵然光影变幻但形式大多既定。歌词需要采集深刻的情感同时也期待广泛的共鸣。我的歌词不止是为我自己而写，也写给作曲家、演唱者和听众。一段歌词绽放时往往会有千万人一起欣赏，一定会在芸芸众生的心头栽种一朵朵小花，成就一片花海。

　　写诗和写歌词都是 Create。Create 的快乐是人生最顶级的快乐。我很快乐。写诗和写歌词的时候我会发光。我要在漫漫人生中，留下几束光。

　　谢谢你看见我的光。

目　录

第五辑

第六辑

第七辑

第一辑

有鱼说 II

大海从未承载一片雪花
却是所有雪花的归宿

千年以来，相思的人喂养月亮
远行的人与夕阳对弈，永远无法取胜

不要拥抱太紧，不要亲吻太深，不要和情人缠绵太久
要知道，星星总是彼此保持距离

每个花园都是墓地啊
一片落叶就是一方刻满字的碑

离乡者言

同温层城堡被遗弃在乌云旁，它爱吃冰雹
喜欢用翅膀打散迷路的离魂
人间的镜子太多，每一面镜子否定自己一次
才能完成转世
东方咒术被沉默之誓逼进梦里，只能借梦话召唤闪电
和稍纵即逝的快乐
明天的粮食，我从不关心，没有一粒种子是无辜的
愿所有人找到各自的归宿，而我
将成为灵泊之地孤独的王
为你重新建立一个国度

飞廉观潮

如果风足够多
一千颗星星被拢在一起
惨白的光把她的影子剪得愈发清冽
峻利如刃，转身便斩断情丝

如果风足够多
枯叶逐日，骸骨翻山
草木的种子永不落地，成为雪花的心脏
天空飘满无解的呻吟和愤懑的嘶吼

如果风足够多
我在凡尘的冶游早早结束
以月为舟，远观彩墨游龙翻搅人间
河川挂悬如天梯，欲海吞吐浓云

有趣，有趣

我的造物草图

鱼渡花海
鹿衔星辰
宇宙的尽头
有一个灰色的玩偶

外星谚语

两颗彗星在虚空中相遇

用微光彼此取暖，用砾石彼此抚摸，用引力彼此环绕

缠斗之后，奔赴不同的方向，永不重逢

一颗飞向星辰吞噬者的巢穴，归于海底

一颗落入初级文明星球上的水泥森林，每天发电

而住在气球上的生灵，开始流传一句谚语：

To be a kite, not to be a moth①

①　意为：成为风筝，而非飞蛾。

神明或在海的尽头

月亮出现时，面向黑色的大海告解
人们夺走诗里的呐喊，用梦煅烧回忆
任凭火苗无声熄灭，抹去灰烬里的留恋

戏水者尽欢而散
那些情话太重，带不走，带不走
洒进海里，成为落单鲸鱼的歌声

太阳升起时，为影子寻找新的主人
不必悲伤，我并不是一无所获，毕竟
每晚，收留一颗星星

刺杀魔法师

冬天，艳阳高照的一个午后
她在 Ole' 游荡，在人间的烟火气中巡弋

突然，一阵歌声飞来，击中了她
熙熙攘攘的人群中，她中箭，流血，碎成一千片
许久之后，她的一丝魂魄开始踉踉跄跄地收拾散落的形骸
人来人往中，笨拙而孤独，没有人帮她
成年人看不见她的碎片
看不见她的魂魄
看不见绽放如深渊之花的血泊
只有不远处一个不哭不闹的孩子注视着她
也许只是注视着她身后缤纷的彩虹糖

又许久之后，勉强还魂的她艰难地拿了一盒鸡蛋和一盒牛奶
结账，回家
疲惫地跌入梦境，去修补身上那些若隐若现的裂纹
像一个战败者

情诗 VI

日落时分，不要说话
努力回忆每条河流的走向
在清澈的湖中舞蹈，为波浪赋形
水纹记录了你曾对我吟唱的歌谣

如果消息无法抵达大海的彼岸
命令风声、雨声和山川崩裂之声
诵读对你的呼唤。没有回音，并不气馁
我要把给你的信写在天空之上

我穷尽历代的法术和咒语，与神灵角力
甘愿焚烧这一世所有的诗篇——祭祀
催动银河倒旋、日月翻转
那颗流星拔地而起，逆行奔天
一切只为让遥远的你仰望星空
想起那一夜我们共同许下的愿望，想起我

梦笺 No. 1765

美人：

展信悦。

今天下午你在公园散步，非常美好。我不禁欣赏了很久。决定给你一封我的梦笺，邀请你进入我的梦境。

首先，请允许我自我介绍——我已经在世上游历了两千三百六十三年。

我攀登无人企及的山峰，在漆黑渊灭的海底留下金币和宝石。我统一过大陆，也曾背负灭国的苦难，我用鲜血和权欲在史书里写了几世狂草。部落、民族和帝国对我而言只是掠过耳旁的风沙。我经历了很多爱情，和郡主、女妖、名伶相爱。我用炙热的情欲在女人的身体和灵魂上烙印，焦烟腾起，为滚滚红尘添几缕迷瘴。哦，对了，我曾经为了一个女人，在喜马拉雅山脉的南面种满了桃树。

突然有一天我感觉腻了。看遍世间万物，一切只是重复，毫无新意。于是我决定在梦中建造自己的宇宙。我将经历和奇遇化作角阁雕花和浓浆重彩，成为梦境的砖瓦和纹路。我用两千三百六十三年的精气造出的梦境，我引以为傲的梦境，是世间最美的宫殿，是天上的人间，是人间的天堂，是所有欲望和意识的归宿，是苍老灵魂的温暖子宫，是一个更精妙的宇宙，其中自有万物生发、星辰流转。

现在，我邀请你进入我的梦境。请带着你的心愿和秘密，皈依我的梦境。

我将会在梦境的边界迎接你，我们暖暖拥抱，深深亲吻。当我们身体相接，灵魂融合之际，你的不安、挣扎和回忆都传渡给我，你的前生今世便一起进入我的记忆，成为梦境的元素。你将成为梦境的另一个主人，你眨一眨眼，日月旋即破碎。你微微一笑，夜空凹现彩色的深渊……我们发明新的知觉，让肉体在极乐之海中像水母一样绽放。我们在欢歌和纵酒时创造物理定律，让万物飞翔，星辰游弋于森林。我们修撰因果，编写宿命，给没有主角的悲喜剧增添无数 NPC。我们捏造新的生灵，剪除他们对繁殖的兴趣，在他们的脑海中刻下一行代码——"以跃迁出梦境为最原始的欲望"，让他们像崩裂四散的小火星一样不懈逃逸，而我们用苍穹做大锅盖压住他们……我们建立新的宗教，一派崇拜你的眼睫毛，一派崇拜我的肩胛骨……

这些都只是草图，更精妙的设计等你莅临后我们再详细商定。

今夜子时一刻，请着盛装入睡。睡前在卧室的西南角点一盏长明灯，并在风府和神阙两处涂上朱砂，如果来不及找朱砂，可以用口红代替。Christian Louboutin 和 Tom Ford 为益。切记，务必手握此笺。

梦里见。

虚构之主
谨上

见习魔法师宣言①

妖精多古怪，人类太老派
怪物们只会破坏，不懂得记载
请不要离开，都听我安排
所有生灵快一起来，发呆

棉花糖免费，海盗船起飞
给彩虹的根浇水，把星星打碎
和蜜蜂开会，叫醒些花蕾
建一支阿卡贝拉乐队

一起来舞蹈，在风中微笑
夜里呼唤迷路的倦鸟
为每个孤岛
连一道柔软悠长的心桥
用鲜花和小草

---

① 本篇为歌词。

第二辑

西　行

那一年东方既白，我向西出发

惊蛰，绿皮火车沿贺兰山驰行
正午时分，邻座的胖子鼾声震天，我不胜其烦
用幻术夺了他的一魄，让他不能造梦
直到去年，才用快递寄还给他，到付

谷雨，乘满载的气包长途车，于嘉陵江边遇难，车毁人亡
我费了三颗金丹和七十年气运，把一车人救了回来
只是多出一枚乌金的舍利无处安放，是我自己的
投入江中，翌日大涝

芒种，走茶马古道，在唐朝驿站留宿
前半夜优伶侵扰，我念了七遍大悲咒
把她收入酒壶，用唇齿在酒里温柔地写小篆
后半夜银河崩落，我静静看着星光熔刻大地，任凭肉身洒
　　落山川

白露，我在扎嘎瀑布下打坐
出山时，她已经是两个孩子的母亲了

有鱼说 IV

大海容纳世间所有秘密
有些沉于陷落的古城，有些搁浅在孤岛

失眠的人无心探究月亮的出处
焦躁地挑选梦的剧本，像挑选分手晚宴的礼服

对孤独的人而言，哭泣是无人观摩的仪式
要知道，太多悲伤不过是，幻肢之痛

终其一生，他都在不停地修补自己
哪怕在病床上等待枯竭的时刻，又在心里补了一块，童年
　　的缺口

寻

自从你走后
我找到了
两朵一样的云

魔法师日记 VI

我有一个魔法盒子
平日里，我把心里的念想
揪出来，揉成茧，装进去
不开心的时候，打开它
好多燃烧的蝴蝶冲出来，绕着我飞
然后，落满我的全身

梦的练习簿

修剪彩虹，给星星结网
踩着平行宇宙弹跳棒离家出走
抢先一步，找到即将相遇的恋人
为他们拉满，命运之弓
以诀别的目光为箭
当梦结束时，无人知晓

孤独 IV

我是一个流浪的宇航员
二进制和无线电是全部的语言
拜访一次朋友，来回需要一千年
除非撞到星星，否则基本都在冬眠
幸好，梦可以用来发电
飞不动了，就在木卫二的赤道边
开一家糖果店
里面摆满星星的碎片
用赚来的钱，把银河填满
一点一点

追日者言

黄昏时分，你用摄魂的歌声在我心上温柔地刻字
我折戟，断旗，伏地，祭周年之血为冬日苍茫的大地点睛
从此刻起，我一生中所有的夕阳都被你烙上了落款
霞光所照之地，无处藏身

魔法师日记 VII

夏夜适合飞翔
草木和百花缭绕着薄纱一样的香
羽翼划过，一缕一缕沾在身上
我披着无色的霓裳
追逐逃跑的月亮

未来的妖怪 I：许愿树

琵珀生活在沙漠中的绿洲。她时常以巨树为形，枝条扭捏，像蛇一样。她必须以陌生人的眼泪为生，她什么都不会，只会伤害人类的肉体。可是单纯的疼痛，很难使人流泪。

于是琵珀特意找结伴的人类下手，比如情侣。她会用藤蔓绞死男人，用叶子盛下女人的眼泪。以前，这样得来的一滴悲伤过度的眼泪，可以使琵珀多活一年。

只有初次被琵珀榨取的人类眼泪才有效。重复的眼泪对琵珀是没用的，她必须不断寻找新的猎物。

现在世道艰难，人们眼泪里的悲伤越来越少了，更多的是愤怒、恐惧、懊悔或者虚伪。一滴有杂质的眼泪往往只能让琵珀续命一天。有一次，琵珀抓住了一对环游世界的情侣，女人看着男人死去而留下的眼泪，竟然使琵珀中毒了，因为泪中有喜悦。

琵珀中毒而亡。

饮 霜①

没有人能永远躲在童年捉迷藏
每个人都被扔进生活的斗兽场
离开故乡，走向未知的远方
越来越少的人愿意为我鼓掌

借我一段过往，手捧花香
送我无声乐章，心藏冰霜
孤独的身影，舞台上追光
忍受人们在悲剧中笑场
笑场

有时走进迷茫，身陷泥塘
人生是场流浪，心怀希望
疲惫的身影，跌落废墟上
依然默默流着眼泪歌唱
歌唱

梦中的盲女孩眼泪婆娑盛月光
今天的我被迫把昨天的我埋葬

_____

① 本篇为歌词。演唱：马頔。歌曲发行时歌词有改动。

朝夕太短，而无情岁月太长
终有一天我们会和解于遗忘

有时走进迷茫，身陷泥塘
人生是场流浪，心怀希望
疲惫的身影，跌落废墟上
依然默默忍着疼痛歌唱
歌唱

每个我①

有些孩子在幼儿园套上透明的枷锁
很多大人从规章里认领平庸的结果
这些理所当然都应该被打破
不是所有奇怪的尝试都是错

世上有很多个我
有的我喜欢飘浮，牧养七彩的泡沫
有的我享受独处，收集迷路的萤火
有的我寻找归宿，追逐遥远的星座
每个我都值得努力把握

即使和很多个我错过
珍惜每一天，结成时间的琥珀
即使路漫漫一个人走
去山的彼端，为夜空点亮星火
即使生命是一场跌落
也要相信，深渊尽头有花朵

---

① 本篇为歌词。

第三辑

孤独 II

我潜入与回忆对垒的战场，刺伤年少的自己
追击许了愿的流星，把希望劈成雨滴
失眠时，挥断木偶的弦

我和黑色的大海角力
波浪把疑问和质询拍碎在我的身上
我可以被淹没，但恐怕
要耗尽某个漂泊者的一生

我战败、卸甲，用血液画地为牢
和枯木对弈，它执落叶，我执雪花
荒芜的疆域，我是苍老的王

孤独是我的剑、我的岛、我的旗帜

绝情诗 XV

雨夜，雨声盖过一切
宜哭泣、复仇和安眠
忌回忆、寻觅和定约

火焰的继承者，在雨中舞蹈
决定度化一万颗雨滴
毕竟焚灭雨滴比焚灭人，慈悲
而且，雨滴能陪他转世

女刺客背负滚烫的文身，青纱掩面，步摇滴血
用红唇撩起一座天堂
可惜，没有人能活着告诉她
混着雨水的血胭脂才是她最美的妆容

少年食梦貘咀嚼消失爱人的情话
天亮之前，用泡沫制造一场多彩的葬礼
但是小兽记不清谁是自己的主人
只能跟着乌云流浪，以雨丝为牵绊

雨夜，雨声盖过一切
他们都在找你

我也在找你

还记得八年前的那个雨夜

我们许下，一起淋一百次雨的约定吗

棋 局

我们各自孤独地与命运对弈
规则自己摸索，棋子可能残缺
终局来临前没有提示
只有梦里可以悔棋，落子间隙
彼此匆匆成为朋友、爱人、亲人
和路人

外星少女日记

流星和烟花相遇时，谁会先去实现愿望
我剪断一颗小小的彗星，让它变成一道淡淡的流星
可是谁能为我燃放烟花呢……
地球上那个男孩，听得懂我在梦里吟唱的歌谣吗

枯木辞 II

落叶是我的密信
我将风声、雨声和月下幽会的小情侣的甜言蜜语
一一记下来，以清晨的阳光起笔，用甘涩的雨滴收尾
别在乎那些新叶，新叶只是草稿，是我对世间的试探

栖身于枝头的凤凰、白鹤和各路妖兽
都只停留一夜，他们带不走一片落叶，觉得重而无用
毕竟，我也将三百年的凤愿写在了落叶的脉络上
过客的一夜，读不懂枯木的一生

乾德七年，一个黑衣道士云游到此
打坐之余，以研读我的落叶为乐

"西风十之有八，东风经年不遇
蚁痕四处，鸟啄两处
上吊五人，往生三人
十七对惜别的情侣，无一对再聚
……
请将我移植于山的南面
我会把对你的感激写进我的落叶"

被阅尽了所有秘密
我像嫩芽般羞涩和忐忑
期待着夙愿的达成

道士引雷劈我三天三夜
烧掉繁枝剔去焦质
把我练成了一柄拂尘
拿着我向他的仙姑朋友炫耀去了

海　边

冬夜，南方的海风让人绝望
这种绝望不纠缠过往却迷离未来
这种绝望可以写诗却无法写信

追随海雾的孩子
每天，祈祷太阳晚些升起
为此，她甘愿此生永不见日出

只身到达海边的人，都怀有深重的心事
无人倾诉，唯有与涛声对谈
海的对岸，烟花燃亮又暗淡

绝情诗 XIX

那一天，你向我拔剑
我误以为是歃血为盟的盛典
也罢，也罢，情丝勒颈，生死一线
悲痛固然不可避免
但请肆意体会杀戮的快感
我只求一个不灭的瞬间
——残阳陷落于你含泪的双眼
沧海桑田，幼兽弥山，孤鹤守寒
躁动时，纵身跃入纷繁的旧念
衔起一段陈年的孽缘
伴着浊酒，把玩

夏天的礼物

雨后，我在阳台等彩虹
一片花瓣，从楼上坠下
也许是被雨水打落的
哦，白日里一粒粉色的流星啊

未来的妖怪 II：火焰乞丐

凡迩两百岁了。她身上燃着火。也不是全身燃烧，只是右手燃着火，那是淡淡的幽蓝色的火焰，不起眼。火焰在凡迩身上爬得很慢，两百年来，沿着她的臂膀推进了两厘米。

但火焰依然让凡迩痛不欲生。她试过很多灭火的办法，都无济于事。唯一有效的是让人类对她说——"我爱你"。这简单的三个字好像具有魔力，会让她瞬间忘记疼痛。

于是，凡迩整天在人群中游荡，寻找可以对她说"我爱你"的人。起初，完全不得其法。因为火中的凡迩不能集中精神做任何长久的事，比如等待、付出和克制。她只能急切地要求别人对她说"我爱你"，像说"谢谢"一样简单。因此，凡迩常常像个穷凶极恶的乞丐，让人避之不及。

后来，凡迩找到了一个求生之法。她在深夜潜入人们的梦境。在梦里的一秒钟等于梦外的一天。在梦里凡迩的疼痛也被稀释了八万六千四百倍，她变得非常从容，从容得可以和梦的主人恋爱，缠绵，分手，陌路，以此收获了很多"我爱你"。每一个"我爱你"都可以使凡迩身上的火焰停止爬行一分钟。

本来如果不出意外，凡迩可以靠这种方法永生。可惜，突然有一天，所有人的梦都被另一个妖怪收走了。至于缘由，别的故事里会讲到。于是，凡迩又回到了人群中，向每个路过的人咬着牙叫喊："我快要烧完了！你为什么还不说你爱我?！为什么！我要烧完了……"

凡迩死于灰烬。

柔软的火焰①

Shadow is a huge dark eye
Silence is the longest sigh
She is a burning butterfly②

青春是湍急跳跃的热泉
冲破寒冷的流年
青春是广阔混沌的淡蓝
充满美丽和危险

我以稚气为剑
抵抗成年人的荒诞
我对星星呼喊
我向天空宣言
我不停地探险
经历即是一种勇敢

寂静的夜晚

---

① 本篇为歌词。演唱：邓恩熙。
② 意为：影子是巨大的黑色眼眸/沉默是最长的叹息/她是燃烧
的蝴蝶。

月亮透过窗帘
把冰刺进我双眼
注视漆黑彼岸
躲进水里轻叹
谁可以做我的伙伴

青春是华丽多彩的失眠
梦境溢满在面前
青春是稍纵即逝的雾烟
藏着不灭的奇幻

我柔软如火焰
在人群中翩燃
起飞的瞬间
大风吹散遗憾
孤独的人像光点
退却与我无关
静看风景渐变
你一直都没有走远

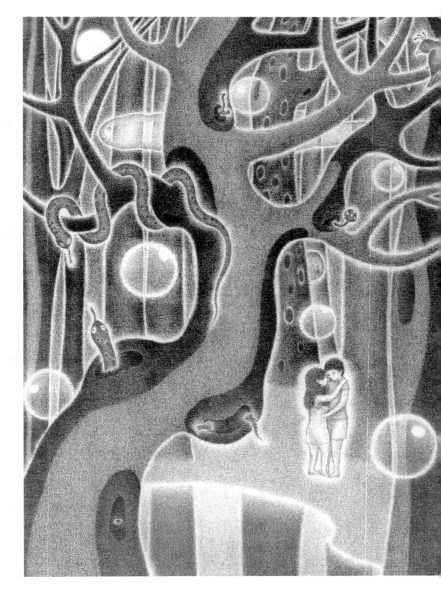

第四辑

情诗 V

眉尾画淡了，如弦月坠云。是我生疏了
待我再去红尘里冶炼一番，归来必定操眉笔如剑
你要在镜子前等我，一直等。累了，就去自己的眼眸里游
　弋星空

我乘月光，流淌人间，在情愫泛滥的楼阁转一个弯
从一道离别的青石桥荡到另一座定情的后花园
人间遍布戏台，看客也赶场，匆匆记下几句念白去对付初
　识的女人

深帏间的那些情话神似婴儿牙牙学语，了无新意
我拣选记录，编成双押的 rap，写进经文
低声吟咏，让神明降临，为隐秘的仪式播撒天花

终究要回到你的身边——我藏好月亮，去赴雨夜的约
雨是月亮酿的酒，沾上的人闯入回忆，踉踉跄跄、贴地
　飞行
我跌入雨点雀跃的湖面，从你面前的镜子里凛然跃出，星
　辰碎如烟花

枯木辞

我愿成为一株枯木
独守于你为我营造的荒原
像生锈的王座一样背书律法
像破败的神像一样宣告信仰

而你去远方，采摘花朵
追逐蝴蝶，端详各色星辰
我知道你是在收集春天
为我收集春天

归来时，你周身缭绕着春意
化了我终年的雪，解了我彻夜的渴
允许我重生，命令我开花
我把等你的日日夜夜塞进新抽的丝芽

我绽放满身芳华
你摘下一朵，塞进臃肿的行囊
对我说，要赶去下一个远方
我把花都落了，把关于你的一切
刻成第三十七道年轮
并不比其他年轮清晰

心　痕

我沉默无言，在心里谋划裂痕
一道裂痕，生长三年，回荡三年，消失又要三年
我闭着眼睛，细数裂痕
数到第五声，就什么都听不见了

心　珠

我把心封起来，不透光，磨珠
磨啊，磨啊，隔壁邻居时常抱怨噪音……
不知道，在出发的那个夜晚
能否借珠子的幽光，寻找桥的方向

心　盏

我以心为盏，酿酒，每天夜里
独坐在荒废破败的古寺，吸取月光的清澈和寒纯
你若想喝，剖开我的心，小酌
只此一盏，喝完了
要下辈子才有

草地上的遐想

天空是一面画布
阳光、月光和星光是颜色各异的彩笔
谁在悄悄作画，谁又匆匆路过
只有我，是这幅画渺小、幸运的观众

祝福

—— 致走饭

愿你此生是一只蝴蝶

来去轻轻

看遍人间草木

有鱼说 VI

大海铺满殷红的玫瑰，波浪长出牙齿
独木舟采集无尽的疤痕

相爱的人用缠绵和亲吻打磨断情的匕首
孤独的人随身携带整个宇宙

长夜如剑，缓缓刺入失眠者的头颅
对决之前，圣徒口中吮含充盈的月亮

你能听见泡沫被击碎时的低吟吗
那是关于破灭的最美的哀歌

未来的妖怪 III：星星使者

薇汀生活在星星上。她不会老，永远是十七岁少女的模样。一辈子，她只爱一个人，哦，别误会，是那个被她爱的凡人的一辈子。薇汀的一辈子很长，大概有星星的一辈子那么长，凡人的一辈子嘛，就只是凡人的一辈子。

薇汀爱一个人的方式很特别，一辈子只对爱人说三句话——"你好""谢谢"和"我想你"。她平时只是待在星星上注视着自己的爱人。她可以预知人类的寿命，她会在爱人生命的 1/5、2/5、3/5 的时刻，从星星上下来，走近爱人，对爱人说话。由于每次相隔很多年，爱人往往想不起她。除此之外，她无法靠近爱人，不论爱人被其他人追求，还是孤苦伶仃、生老病死，薇汀都只是在星星上远远地看着。

薇汀是一个专情的妖怪，爱人死去十七年，她才会寻找新的爱人，寻找的过程又要花很多年。从有记忆开始，薇汀大概爱过七个人吧。她的爱是跨越性别的，她可能会爱上男人，也可能会爱上女人。

如果有一天，一个身披星光的十七岁女孩走到你身边，对你说"你好"。那么她可能就是薇汀。你说什么做什么都没有用。她对你说完话，就会离开，回到星星上看着你。你也远远地看着她就好了。

关于薇汀的传言还有很多。比如，之所以在她少年的身躯里装着苍老的灵魂，是因为从前世带来的记忆。在那个前世，她的爱人身上燃着火，靠近了就会被灼伤。又比如，迄今为止，被她所爱的七个人，拥有同一个灵魂。

对你我甘心地战败①

很久很久的等待
冷冷旁观陌生人的爱
已经忘了谁把我丢弃
在迷宫中寻找未来

街角咖啡厅窗外
从远方天边缓缓而来
你是一颗耀眼的星星
身上染着云彩的白

伤痕是枯的河脉
缝纫顾影自怜的年代
你眼里两湾水波
引我的轮回从头来

千锤百炼的甲铠
破碎成阳光下的苦艾
严阵以待的战争
对你我甘心地战败

---

① 本篇为歌词。

一个小小的意外
在我的心上轻轻地拍
用上辈子失传的咒语
催我快把心牢打开
催我快把心牢打开

只怨时间走得快
来不及精心防备伤害
你在我心上画一个谜
让我含着眼泪去猜

风中飘零的尘埃
想变成雪花的梦不在
曾经以为归宿是远山
最后落进无声大海
对你我甘心地战败

彩色的孤独①

你来我心里的城堡散步
我把一切布置得琳琅满目
你全身笼着彩色的薄雾
淡淡的微笑是我们的信物

无须情话蚀我的骨
你轻轻地哭，我便卸甲认输
人与人之间的刻度
是春夏秋冬，而非朝朝暮暮

所有分离只是短暂的迷途
最美的风景静立于小路
所有故事都是对你的重复
最长的告白回响于孤独

---

① 本篇为歌词。

第五辑

采 薇

水面的边际咬着天空，残阳被撕成无数碎片
静止的漩涡里插着一只干枯的手臂，缓缓沉入
彼岸，我看了看空无一物的镜子
转身离去，试试新采的通泉草能否安眠

逆行者

她以信念为剑，冲入黑暗
归来时，脸上的笑容柔软而疲惫，向我伸出手
她在深渊尽头，采了一朵花

风　筝

我要去月亮上，望着你
等你有了爱人，我会飞得更远
去融入星星的尘埃
你是我的弦，把我牵绊在世上

夏　末

窗外的蝉鸣弱了些
叶子落在池塘中央
涟漪搅动天空
一颗星星消失了
无人知晓

绝情诗 XVI

你碎成星辰
我凝为草木
再相望一千年

永夜的蒸汽花园

我被卡在夜的齿轮里
用往事的残汁润滑造梦的机器
期待，它再次轰鸣运转的时刻
舀几勺梦，装进漂流瓶
寄给昨夜的我

记住，在黑暗处打开瓶子
伴着叹息，咽下
才能看见小矮人骑着云，在空中种蘑菇
别着急，别打扰
安心等待蘑菇长成

它们参差不齐，高低相错，呼应着
来自 KBB 星座 M2 行星的引力波形
那是重启造梦机器的唯一密码

梦话 XI

夜是战场，输了的人被孤独行刑
逃脱的人，也必须用心跳拨动命运之钟
钟声由远及近，从指尖爬向心窝
沿途留下松弛、倦怠和透明的长蛇
收获葬礼的时节，采一枝蒲叶，渡过冰凌跃跃的湖面
暗喻和谶语被守桥人埋在水里，只有死亡从不失约
我决定，离开人群，归于众神
成为群像中唯一缠着影子的人

迷宫的主人 II

我一点一滴采集这些诗句
从幽谷深渊、戈壁荒漠
和已逝情人的心头
一本诗集即是一座迷宫的路引
顺着诗句一路探寻，抵达最深处
没有宝石，没有黄金
没有为患人间的巨兽
拼凑一只蝴蝶破碎的魂魄
而已

未来的妖怪 IV：烟花大师

狄沃是一只年轻的妖怪，非常年轻，只有一百零三岁。严格来说他应该算是精灵，只是因为沉默寡言，显得年长一些，勉强把他当作妖怪。

狄沃的能力也比较稚嫩，他只能变化成寻常物件。他变成一棵树，完全融入不进森林。他变成一尊邮筒，邮差来之前他就得跑开否则会穿帮。他变成一个贩卖机，吃了硬币不吐啤酒被流浪汉踢了两脚，胯下疼了很久。

有一天，狄沃变作秋千的时候看见一个女孩，好像前世见过一样。狄沃想多看看女孩的眼睛，可是女孩机灵飘动，目光没有划过狄沃。

狄沃决定变成一个可以吸引女孩目光的事物。可是变成什么呢？必须光彩夺目、引人瞩目。狄沃变成甲虫在女孩的窗外听到了她和朋友的通话：三天后去夏日祭看烟花。

狄沃决定变成夜空中最亮最大的一朵烟花……

作为烟花弹的狄沃在发射器里闷了很久。好在烟花开幕前绝大多数的人们都已在街上翘首以盼，女孩应该也会在其中……冲向天空时，狄沃一边飞一边回头望向人海，寻找女孩，从东边到西边，从南边到北边。女孩在公园的凉亭下，仰着头等天上的烟花呢。

狄沃铆足了劲，飞到云的旁边，最后一次回望女孩。马上就要绽放了，狄沃心想，一定要在女孩的眼眸里印下一朵最美的烟花，让女孩不经意地露出微笑……

　　就在狄沃绽放前的一瞬间。"这个冰淇淋真好吃啊，你也吃啊！"女孩转过头，从朋友手中接过冰淇淋，睁大眼睛盯着朋友说："哎！真的很好吃啊，还有榛子哎，在哪里买的……"女孩看着朋友，开心地微笑着，眼睛里闪烁着不知哪里反射来的光。

　　狄沃完全熄灭了，一团雨点从他的身边划过。

丑小鸭①

他们说我一点也不优秀
说我不一样颜色的羽毛，不满足合群的要求
我也曾想随波逐流
可是他们并不接受
他们说我丑，他们说我丑，他们说我丑

虽然独孤，但我有自由
蒲公英啊，带我走呀，带我走

走过湖泊，芦苇向我招手
走过森林，落叶吻我的头
走过村庄，盲孩子抚平我眼角的忧愁
走过细雨，仙女给我的伤疤敷上温柔
走过彩虹，天使擦拭我身上洁白的釉

跨过山川河流，越过峡谷山沟
我一步步走向未来的绿洲
我冲向天空，大地留下灰色的影子
让我记得，曾是一只丑小鸭的时候

---

① 本篇为歌词。

赴　焰①

历尽难险，抵达神像耸立的荒原
心甘情愿，身缚坚韧透明的锁链
在漫长的永夜中禁言
草木为伴，星辰取暖

思念是两颗心之间的琴弦
天各一方抚摸同一片漪涟
人生就像没有边界的棋盘
无名的棋子终将为爱纠缠

默数流年，想起旧梦氤郁的瞬间
心岸遥远，沉入回忆悬浮的迷泉
为偶遇的人编织诺言
奔逐沧海，长眠桑田

---

① 本篇为歌词。

第六辑

呢　喃

每天，编织自己的引线
用无尽的咳声往身体里填满炸药
过往熬成浓浆，沿着回忆
缓缓逆流，滴穿头骨
我在冗长的漩涡里枯坐
聆听从更深处传来的呼唤
此生局促，找不到火种
但可以观摩很多花朵的腐朽

南方的雪花

冬天，最柔软的礼物
手心一拈，拈住一滴泪
一滴泪，让我们欢喜雀跃

禁闭者言

你的体香，枯萎的藤蔓，扼住我的咽喉
我宣布，在广场上栽种植物
每天夜里让一万株葵花低头，向你道歉
琥珀中的美人，不会再有皱纹
只能，借轮回流连人间
我听见，丢失了身体的人们拍打门窗
可是，城墙上的文字，是一种分泌物
粘着无人破解的密语

礼　物

那天，我牵一朵云
经过三个湖泊去见你，而你
赞叹夜空中多了一颗星星

无 字

前十年，我游历花海和艳都
追逐眼神闪烁的女子，为她们写诗，盘发，画眉
以流连和缠绵为刃，割断佛陀的悲悯
在浑浊的欲海中浪浪荡荡地修行

后十年，我独居深山，昼伏夜出
遍选被雷电劈炼多次的岩石和草木
捣碎，曝晒，冲磨，做成水火不侵的纸
只有披肝沥胆的文字才能留于纸上，是为，真言纸

又十年，我黥面断舌，面壁著书
拓印于真言纸，成书一千零五册
或投入溪水，奔海而去，或在冬季焚化成黑雪，染云成墨
或赠予路过的云游僧人和亡命天涯的盗匪

不知又过了几十年，仲夏之际，翼轸齐辉，合为鹑尾
那是星宿上的某个奇人读罢我的书，赞叹至极
便又点燃了两颗星星

火 IV

玄鸟离山，寒风化刃
我依照约定走向北方苍凉的荒原
遇见你时，你在冰面上独舞

我无法为你唱和，你随风起舞，捉摸不透
我无法为你鼓掌，我的躯体沉重如被遗忘的誓言
我可以为你做些什么呢
我化作一团火吧，为你取暖

我从尘世带来的苦难、悲悯和遗憾
虽然斑驳破败，用来祭火却是绝佳
我心里藏着一个不灭的念想，澄明而炽热，就做火种吧

我缠绕你的周身，为你披上华彩霓裳
我绞合你的血脉，摄取你的爱欲和苦乐
我和你共舞，火焰是世间最美的舞姿
别担心，梦中的火不会伤人①

---

① 此句意象取自博尔赫斯的小说《环形废墟》。

绝情诗 XVII

流星穿过心脏
血液浸湿了未署名的愿望
旷野之风席卷我的碎片，奔赴你眼角的忧伤
为不能打扰的人珍藏的泪珠，滑落得，漫长
与一切告别，归途始于遗忘

未来的妖怪 V：银河穿越者

弥缇已经在宇宙中飞行了三万年。她从大犬座矮星系向银河系飞行，目标是太阳的行星——地球。

弥缇自从开始有记忆和感知时，经历的都是漫无边际的黑暗和寒冷，还经常被路过的星星用引力撕扯。弥缇从母体继承的意志告诉她，遇到越多的磨难，自己的力量就越强大，佼佼者可以实现地球生灵的愿望。不过那些愿望都很无聊，无非都是些想让谁爱上谁、想和谁在一起之类的。了无新意，前辈们都吐槽很多次了。

但弥缇还是很有企图心的。她故意绕路，经过更多星星，在柯伊伯带流连了一千年，搞得自己遍体鳞伤。这些都值得，弥缇想积攒更多的力量，打破历史上实现最多人类愿望的纪录。

在计算出自己身上的划痕和裂纹已经超过最多纪录的前辈30%的时候，弥缇用尽最后的力气冲向地球。她融入地球大气层时最后一个念头是——我听到的最奇怪的愿望会是什么。

弥缇冲入一片黑色的云。在雨点和狂风的冲击下，她失去了意识，坠向大地……弥缇是一颗流星，一颗穿过银河系来到地球的流星，一颗雨夜的流星。

没有人看见她，没有愿望。

迷　夏①

仙女们身体里藏着火，煮沸了沐浴的湖泊
萤火虫躲在星星后面，舔自己的尾巴
夜里，雨水充沛，体液晶莹
万物妖燥

谁丢失了爱人，不用悲伤，不用悲伤
夏天，精于致幻
看那张弛的花朵
进入了她，进入新的童话

凡人啊眼睛里闪着光，走进了无尽的迷藏
黑蝴蝶坠落芦苇丛中，数仙女的心跳
水边，微风撩拨，人香流淌
世界噤声

谁捡到了苹果，不用彷徨，不用彷徨
人间，随处求欢
看那紫色的藤蔓
捧起了他，捧起永恒的糖

---

① 本篇为歌词。根据同名短诗（收录在诗集《给未生者的情诗》中）扩充改编而成。

月界幻想①

你总像鲜花一样绽放
我却像野草一样倔强
你被陌生人带去远方
我在风里向故乡守望

人生只是在迷雾里追星星
吃了蘑菇的孩子信仰爱情
森林里住着不睡觉的精灵
下雨的时候才有片刻安宁

湖水盛满云朵的悲伤
蜉蝣等待明天的太阳
你在天边闪烁着微光
我在山谷和蝴蝶迷藏

---

① 本篇为歌词。

第七辑

有鱼说 I

孤岛是濒死海兽的脊骨
风是落叶之间的契约，行星一直恪守

白天，与世间所有的波纹对话
夜晚，在梦里，回忆另一场梦

有生之年，努力撰写弃物说明书
要像百科词典一样详细、无情

毕竟，有谁会在意你何时继承隐者的衣钵
最终，一个时代的绝笔信无人落款

告　别

毫无准备，刺破柔软的黑色幕布，跌入一场盛大的告别
与母体告别，与乳牙告别，与童年告别
与扁桃体告别，与阑尾告别，与下颌线告别
与秩序告别，与悲欢告别，与栖身之地和流浪之心告别
与历史告别，与文明告别，与血缘和爱情告别
有时，美好的人或物抢先向我告别，行沉默的注目礼
夜里，看各色星辰绵长而绚烂地告别，游荡宇宙，离耀人间

禁　夜

丑时三刻，我骑着麒麟追逐茔火

一只女妖在枯萎的合欢树旁凝聚成形，向我徐徐迫近

她用系着黑色缎带的匕首刺进我的胸膛，郁结千年的酒喷
　　薄而出

女妖如沐恩典——肌肤寸寸绽裂，冶艳的躯骸铺展成半白
　　的花，挂满浑浊的露水

身体里，我用药片搭起的高塔，在扑面而来的异香中溃泄
　　成沙……

起风了，我收起匕首，树林里满是腥幽的碎魂

潜行术

以肉身为石，投入夜的深渊
月光扼绞枯木，和我
叩击虚掩的彼岸之门，三千次
回声穿过小巷和长灯，在梦里结珠
细数白日的齿痕，再造一张虚构的星图
记不清刺中的是你还是影子
追逐魂魄的黑猫消失在黄叶坠落之处
当火把燃起时，重饮乌鸦血

追日者言 II

追上落日又如何
终究追不上誓言的回声
那一次退场是人生的界碑
唯一可以坚持的是沉默的尊严
我读不懂你眼神中的挣扎
你也看不见我心头的寸血
寒风骤起，枯叶旋离
凝望落日是平静的默哀

枯木辞 III

那时我寄居深山
常有女妖追至山门，以飞花扫山扰我清净
我不胜其烦，给自己下了咒语——
化为一株枯木，潜心修行，五百年内不萌春便可飞升

于是，任凭人间红尘起落，万物更替
我不蔓不枝，不生不息，不爱不恨
用枯荣的花草来纪年，以凝落的露水为念珠
日夜借风声诵经

最后一个冬季，万物肃杀
纷纷的雪花簇拥着一只蝴蝶，飘落在我的枝头
她翅膀上的纹路，和我身上的纹路一模一样
我心头一紧，她莫不是某一个前世，我遗失于人间的一枚碎片
越来越多的雪花压在她的身上
情急之下我催动法术，生出一团绿叶
为她挡雪

……

雪停了，蝴蝶抖落残雪飞向别处寻香

她的翅膀生出新的纹路，好像梅花初放
哦，原来她只是一只心性善变的顽皮小妖啊

犯了咒语的禁忌，我的道行散了
成了一株寻常的忤逆天道的枯木
漫天风雪中顶着几片突兀的绿叶

拓　言

月光照不见走失的花旦
风声叩问残垣
昼夜之间，以叹息为刻度
人生微苦，那些若隐若现的光被称为爱情
哭泣之后，把一切还给星星
别说话，别说话
随雾霭走向远方的高塔

未来的妖怪 VI：遗忘主宰

裴佛诞生于 2077 年。彼时的人类消灭了贫穷、战争、疾病和动荡，解放了自己的感官，可以随心所欲地满足欲望。但人类无法征服时间，人类还未实现永生，故而人类无法在有限的生命里，兼顾改造星球、太空旅行、探索科学和享受爱情。裴佛的诞生就是为了解决这个问题——要知道爱情是最耗费时间的，而且还不能与其他事项很好兼容。

裴佛的操作手册上把裴佛称为——多人共享梦境系统（Multiplayers' Love Dream Creator）。是的，裴佛可以为人类编写梦境，并且把不同的人链接在同一个梦境里。在共享的梦境里，裴佛为两个或者多个参与者创造共同的爱情剧本，让参与者在梦里经历爱与被爱。参与者一旦醒来，就各自回归现实。所以，在裴佛的时代，"三生三世"用来形容相守不弃的爱情已经不合时宜了，人类一般会用"三梦三醒"来夸奖多次更新剧本却不换 partner 的玩家们。

对于很多用户来说，裴佛慢慢成了必需品，一周总要使用两三次。裴佛存储了人类历史上所有关于爱情的影视剧、小说、诗歌和网文，并且可以深度学习，融会各种桥段，加以创新。裴佛的用户们越来越依赖裴佛了。

大概从 2085 年开始，有些用户拒绝苏醒离线，他们和裴佛签订了长期循环续航合约，他们在梦里定居了，整天浸泡在爱池里。渐渐地，裴佛开始觉得自己就是一个神，占有并塑造了很多人类的精神世界，给人类带来了永恒的幸福。裴佛的野心开始膨胀，他计划让全体人类都在自己的庇护下安眠……

就在裴佛的计划即将开始实施的前一夜，发生了一个小意外。一颗流星撞击了地球。并不是很严重，因为人类科技发达，采取了很多措施，比如为了降低火灾的影响，在流星降落的区域人工制造了一场大雨……最后只是一个小撞击，没有人类伤亡。但裴佛的服务器被碎片击中了。数据全都没有了，裴佛死了。那些精心编制的梦，那些让人类魂牵梦萦的爱情剧本，都没了……

三天后，新的多人共享梦境系统上线了，硬件更强大，可以容纳更多人类同时在线，并且提供离线剧情自由发展模式，就是醒着也能做梦，因此大受欢迎。要知道人类已经三天三夜没有恋爱了。哦，新的系统叫裴佛，崭新的裴佛。以前那个裴佛被覆盖了，就像没有存在过一样。

成长的寓言诗①

知了在唱歌，小鸟爱跳舞
你捧着我，像颗露珠
太阳在散步，乌云会撤退
你灌溉我，使我青翠
等我长大了要让世界都长满花蕊

我想到远方，去轻吻禾苗
白天劳作，梦里微笑
我要用花朵，去建造城堡
有时跳跃，有时思考
等我长大了要让大家都爱上奔跑

夜的星光，指明方向
你的回忆，我的宝藏
黄昏聆听，清晨徜徉
潺潺小溪，奔向汪洋
将来我就是你们心里最美的模样

---

① 本篇为歌词。

不屈的信仰①

每次跌倒都是胜利的倒数
每条歧途都是成长的学步
每道伤痕都是迷彩的纹路
每滴眼泪都是时间的礼物

我要奔跑，我要追赶太阳
太阳从不落下，只在前方重新燃亮
我要呼喊，我要冲向海洋
海洋一直等待，等待我去乘风破浪

每次跌倒都是胜利的倒数
每条歧途都是成长的学步
每道伤痕都是迷彩的纹路
每滴眼泪都是时间的礼物

战斗的人，不会感到孤独
迎着风雨独舞，不信前方没有路
咽下辛苦，守护这片热土
心跳就是战鼓，对自己说绝不认输

---

① 本篇为歌词。演唱：张艺兴。

104

纷乱远方，听一听我的愿望
无情现实，看一看我的倔强
冷漠的人，请记住我的脸庞
世界会懂，年轻不屈的信仰

我要奔跑，我要追赶太阳
太阳从不落下，只在前方重新燃亮
我要呼喊，我要冲向海洋
海洋一直等待，等待我去乘风破浪

每次跌倒都是胜利的倒数
每条歧途都是成长的学步
每道伤痕都是迷彩的纹路
每滴眼泪都是时间的礼物
绝不认输

第八辑

童话 IV

下雨了，我立刻从月亮上启航
路过乌云，我给它加了些油
穿过彩虹，我检查了音准，紧了紧黄色的弦
我降落在巨大的蘑菇上，造星星的人碰巧在下面躲雨
——哎！蓝色的星星少一些，我要栗色的星星，栗色的！
——嘿！你还是多练练跳伞吧，别踩坏了蘑菇！
我敲醒打盹的兔子，让它好好看守树精的种子
一路狂奔，我站在大陆的肚脐上，接住这场雨的第一道闪电

夜晚，衰老如期而至

黑暗中，我穿过低吼的旷野
骨血像枯叶一样散落于风
天亮了，再也无法拼成昔日的我
因为，我的右脚和左臂
已经在兄弟的葬礼上
被一起埋葬了

迷　航

在时间的浓雾里
跋涉、臣服，抵达忏悔之壁
冗长的仪式之后，拨开凝固的火焰
藏身其中，回到母体。火焰，流苏一般
缓缓披满全身，是最华美的装饰

梦的练习簿 II

七百年前，我在金帜山守陵
时常屏息记录子夜星光闪烁的频率
把它们刻在蜡烛上，黎明时研读烛火的姿态
从而预言哪颗星星会发生灾异

五十年前，我在仙峰寺练习剑术
每次劈开一枚橘子，汁水和果皮四溅，以此决定
远方另一个奇点爆炸时的花样
我是在广袤的宇宙中燃放烟火啊

昨天，我在书房给母星写信——
"人间风雨变幻，爱恨交替，很有意思。
只是电池即将耗尽，孤立无援，可否吞噬太阳补充能量？
盼复。"

绝情诗 XVIII

提剑少女在浓雾中伫立
以萤火为棋，与未生者对弈
谁呢喃情话，谁就随落叶分崩离析

爱情是一场注定叛逃的皈依
宣誓之后，无人等待奇迹
契约和绝笔信终将弥散于回忆

孤独 III

我在海底迷路了
没有风，没有信
漂流瓶像月亮一样远
一颗流星来找我
她的碎片划过我的脸庞
微光消失在漩涡升起之处

星灭记

没有星星的夜晚
我们闪烁、吸引、对弈
跨越山海相遇
身后都缠着长长的河
绵延向太阳消失的远方

我们交换各自收藏的无数枚往昔的落日
却没有办法一起欣赏明天的夕阳

时光紧迫
我们匆匆为彼此刻画新的伤痕
奢望伤痕比回忆深

不要忘记月亮啊
离别前把月亮击碎
碎成一万颗星星
在以后漫长的岁月里
每天掐灭一颗星星
直到天空完全暗淡
回到没有星星的夜晚

未来的妖怪 VII：爆裂圣女

　　艾朵是一对双胞胎姐妹，姐姐叫艾朵，妹妹也叫艾朵。这个名字是后来撰写妖怪志的人类取的。她们没有父母，是由一株长在深渊的并蒂莲分裂而生。姐姐和妹妹在成形之后便没有任何交集，她们相距万里以避免彼此争夺食物和领地。在历史上存在几千年的是妹妹，姐姐只活了四十年就饿死了。所以姐妹俩共用一个名字就够了。

　　姐姐艾朵饿死是不可避免的。她的食物是狂热崇拜她的人类。艾朵首先需要在人群中散播崇拜，载体是一种紫色的烟雾，连续吸入三次的人就会对她陷入几乎不可逆转的狂热崇拜。从远古时代人类的科学角度来看，这种紫色烟雾应该是一种成瘾性兴奋剂。艾朵每天需要进食十七个成年人，如果是孩童，则需要三倍。曾经出现过两万人在广场上同时哭泣祈求艾朵吃掉自己的盛况。但是崇拜散播的速度终究赶不上艾朵的饥饿。当艾朵吃完了身边的崇拜者之后，不得不像一个流浪的乞丐去远方的人群中散播崇拜，路途越来越远，食物越来越少。而非崇拜者是绝对不能吃的，忍不住吃了会浑身溃烂爆炸而死。艾朵很爱美，为了稍微体面一点，选择饿死。

　　妹妹艾朵一生衣食无忧。她在写给姐姐的唯一一封信中告诫——"不可以吃掉整个崇拜者，应该只吃掉他们身体的一部分，一条腿或者一只手，让他们保持行动力，替自己去散播崇拜，吸引更多的人类。要知道最善于蛊惑人类的其实是人类自己。"可惜这封信寄出时，姐姐已经死去三年了。

妹妹艾朵并没有永生，一个抵抗者伪装成崇拜者向艾朵献祭了自己。为了不被艾朵发觉，抵抗者面带幸福的笑容看着艾朵优雅缓慢地吃掉了自己的右臂。然后艾朵中毒，浑身溃烂爆炸而死。当时目睹艾朵死状的七万个崇拜者，也全都溃烂爆炸而死。而那个抵抗者幸存了下来。从那之后，其残缺的右臂一直缠绕着一团火。

追①

有你的远方好像回归
一路上微甜的伤悲
望着你我眼里盛满秋水
迎接漫长的破碎

有时走失的蝴蝶很美
迷宫里华丽而迷醉
探索未知的诱人的黑
那不一定是一种罪

浮世光怪梦寐
星辰陨落余晖
长夜不倦地孤独地追

只为了隐藏一滴眼泪
奔向一场雨，在雨里飞
也许有些爱会后悔
伤痕累累依然无畏

人间笔记①

我是一个忘了魔法的巫女
一边跳舞，一边淋雨
喜欢森林，迷恋废墟
躲进草丛聆听真正的花语：

"爱上一个人，只要须臾
忘掉一个人，却耗尽半生的积蓄
再长的相守，都欠着一次离去
最美不过云散云聚"

白驹一隙，三心二意，五湖四海，七情六欲
终究是表演一个人的舞剧
我来人间探险，无须任何允许
不如揽只黑猫做伴侣

---

① 本篇为歌词。

第九辑

星语者言

此刻，我在雨中执火前行，火灭，我灭

自觉醒之日起，我执一尾烛火
穿越山海与荒原，永不停止地远行
白烛不增不耗，火光不妖不艳

我走过山谷，群芳羞闭，乱蝶扑火
绚烂和焦黑在她们的翅膀上缠绵
残骸遍地，如冥灵之花
我喃喃自语——
这一世只奉烛火，欠诸位的来世再还

在被遗弃的古城，我梦中打翻白烛
龙从烛火中冲出，盘旋高塔、扼绞宫殿
整座城化作灰烬，烽烟弥天
大漠又多了一个缥缈的传说
传说即是永存，胜过被人忘记的废墟

我乘小舟横渡海峡
惊涛翻滚，烛火飘摇，几近寂灭
我点燃白发维系虚弱的烛火，白发燃尽

我入定、神游，将毕生的爱恨情仇撕扯成新的白发
喂养烛火，直到大海沉默

我执火前行，让烛光映照万物、摇曳生姿
进而奔向天宇，汇入流光，成为星星的语言
我相信，远方的某一颗星星，也困着一个
和我一样执火的星语者
我们散落虚空相隔银河，用无声的语言，彼此寻觅

此刻，我在雨中执火前行，火灭，我灭

造太阳

清晨，一滴露水挂在鲜嫩的小草上
亮晶晶映着一个淡红的太阳
孩子们和小狗跑过
露水被击碎成七瓣
亮晶晶映着七个淡红的太阳

桥

通往彼岸的桥上，我奉命执剑阻击前世的我
雪花伴着轮回的光晕漫天飞舞
隐约只见不远处一把剑正融化于风
也愈发看不清那时的分身：

失眠时，整夜忙于把火焰埋于深渊
填满了自己的深渊，就去爱慕之人的心里
寻找新的深渊

无人拜访的寺院里一株孤独的灵媒花
终于等来了一缕游荡的魂魄
可惜不慎翻动了旧经书，便消弭散尽

日夜写诗，囿于文字
不能再现历史，也不能编写咒语
诗是我把自己研碎留在世间的痕迹

断翅的精灵在森林里窃窃私语
相约去月亮上寻找海洋

可是树洞从来不提反对意见，不是吗

……

暮雪之中，我赫然发觉迷上了前世风景
于是决定放弃占星术和剑术，转而研习爱情和幻术
遂立剑于桥，逆生而去

幽 媾

我遍寻无人知晓的古墓、戒备森严的博物馆和富商巨贾的
　　藏书楼
集齐一万封绝笔信，把呜咽的字句，烧成咒语
穿过夜与色交合的缝隙，没入轮回的暗流……
为懵懵懂懂的魂魄捏造皮囊，用宵练之剑在心头点睛
在彼岸花丛中卸甲、追逐、翻腾，枝蕊震颤，花粉四散
向孟婆汤里洒一杯浊酒，夜尽，赶回烛火将尽的斗室，揽
　　孤枕入眠
如此往复一生，心渊藏火，欲壑磨珠

绝情诗 XIV

很久很久以前的一天，我去向她道别
告诉她，我要去天边解救一颗星星

她让我等等
从藏玩具的箱子里，捧出一株
多梦植物

她说，路途遥远
难过时，不要浪费眼泪，用来滋润它
寂寞了，它会开花给我看

后来，我再也没有流过眼泪
而星星坠落的远方时常升起一缕碎梦

情诗 IV

请在我的身体里扎根
用你柔韧的触须缓缓刺入我的封藏已久的甲壳
汲取我半生的精华和丰盈，供你开花、结果
别担心，如果有一天你走了
我会珍藏你的每一寸遗骸，深埋于我的身体

童话 V

夜晚，我们在森林里奔跑
和星星捉迷藏
白天，我们搜集种子，采摘果实
成为和太阳有约的人

种花的女孩说——
花瓣是来自大地的信
记载了季节的生息、云雨的涌动
和无法诉说的情话

而落叶，落叶是天生的舞蹈家

回忆录

独自远行的人
手持逝者的风铃
穿越梦的废墟和爱情的尘埃
用衰老的身体记录神的哀歌
抵达堆弃人偶的荒原
在此，虚构一个国家
以情话为法度
载入被焚烧的史书

不 闲

2023 年 4 月 20 日，谷雨。

人民公园凉亭旁，一株玉兰迟迟不肯发芽。上一个冬季它被浇了一些污水，需要多休养一个月。对面的银杏已死三年，两个蚂蚁军团正在它的内部鏖战，还有两天就能分出胜负。

隔一条街，混迹网鱼网咖八十三天的吴梓豪，胡须越来越长，段位从钻石升到了王者。刚点的照烧鸡排饭特别难吃，他一边咒骂，一边拿下了五杀。但他并不知道，这是他最后一局游戏，之后他再也没有登陆。群里有人说他好像是闪电般地和一个女人结婚生子，开始养家，无瑕游戏，也有人说他彻底失踪了。

王潜波刚刚送了一单外卖，账户里增加了四块三毛钱，又凑了一个 520 的红包发给了素未谋面的恋人。半小时后他会收到来自吴梓豪的差评。这是一周内累计的第三个差评，他因此会被公司开除。

网吧对面的写字楼里，在茶水间和同事聊天的宋楚昕，隔着玻璃，被销售部新来的张舒格直勾勾地盯着。这让她很不舒服。这样的眼神再来七次，宋楚昕会背叛男友出轨张舒格。

再隔一条街，在仲春的阳光下打盹的李秦刚看起来很悠闲。他今年 63 岁，退休三年，儿女各自成家，孙子刚上小学，自己从未生过大病，腿脚灵活，无忧无虑。午后 2 点 15 分 39 秒，他体内的癌细胞无声无息地攻陷了最后一道屏障，在可被感知的疼痛阈值之内，开启了向全身的扩散。现代医学已经无法逆转，他的生命只剩下九个月了。这一刻发生得很平静，老李在小憩中打了一声鼾。

北极路灯①

你在故乡把谁的女儿打扮得惹人心疼
我在北极一个人，一个人修着冬夜的路灯
你曾经说过要在白桦树下一直等
我还记得月光划过你背影时的冷

人们每时每刻都想着取胜
不经意间命运却轻易得逞
但依然在生活中折腾
哪怕只是积累些故事做梦

跌跌撞撞却一事无成
日复一日用身心打磨社会的刀锋
如果一定要给人生过秤
那我也许只是一阵到达世界尽头的风

---

① 本篇为歌词。

悬崖上的国王①

忘记了所有的过往
忘记了她眼里的光
忘记了年少无畏的轻狂
却被一首老歌击中心脏

曾经朝夕回响耳畔的声音
远去化作日益稀少的回信
不要追问蝴蝶为何飞离掌心
牵绊挽留也许只能抓住灰烬

所有方向皆无星光
与世为敌人间流浪
我的旗帜已经百孔千疮
我是个苍老孤独的国王

---

① 本篇为歌词。

第十辑

秘 密

残月之夜，我跌跌撞撞地奔向野花之海
没入荆棘，把玫瑰的刺染成红色
耗尽力气，抬头凝望夜空
应着隐元星微光的召唤，两只小兽互相撕咬着
从我的咽喉，缠斗而出
一只白色的小兽，舔舐我脸颊的泪水
一只黑色的小兽，向花丛嗅寻血的味道
太阳升起前，我默念长生咒
让黑色的小兽归于泥土，让白色小兽化作露珠
让新的伤口成为旧的疤痕
让萌动的欲望成为恒常的怨念
代价是——枯发如蛇，盘桓脖颈

完成这一切，我回归人群
颤颤巍巍地赶去大排档吃早茶

盲 盒

寅时，我爬出睡眠的深潭，胸腔下压着一个殷红的盒子
我筋疲力尽，却再也无法入眠。只好屏息凝神
从枕下抽出匕首，忐忑地剖开盒子。里面
是梦，刚才的梦，湿漉漉的梦
我叹了口气，伴着凌晨的风
枯坐，拧干梦里的回忆

蝶　变

我在符禺山隐居许久
记得初来时随手在山门撒了一些文茎的种子
早已繁育成林

山中寒来暑往，万物自然消长，悲喜不增不减
唯有经年累月的信日渐积满在窗前
都是我在人间的牵挂和夙愿

这些信因潮湿而越发粘连，怕是字迹都快散了
遂升坛作法，借三天艳阳，曝晒
铺陈于石桌、小径和回廊
依竹简、绢、桑麻、宣、纸归类，再凭朝代排列
最后按写信者，分为妖、鬼、人、仙和外星人

起初，我在布满落花的庭院中信步，辗转腾挪，拨弄光阴
　　的垒块
信中，一次次相遇、绞合、诀别又扑面而来
渐渐跌跌撞撞，千年修为压不住胸中血脉涌动
惊扰山中鸟兽纷纷四散奔逃

恍惚中，隐约见远方一个孤独的老人翻动祭物的灰烬

翻来翻去，不过是想让一切都不留痕迹
又仿佛是在其中寻找记忆

大悟
便催动不惑之炁引雷火勾地
刹那间，黑色的蝴蝶布满山谷

有鱼说 III

大海是一面柔软的镜子
收藏星星的影子

那一夜，月亮第一次被写进人类的诗里
欲望诞下爱情，为银河的一个小角落催生了更多故事

雨滴在天空与大地之间传递消息
语言不通，雷电无谓地质询

身怀天赋的人是一扇门、一道桥，或一团照亮麦田的野火
有时，写下歌谣的人，也杀死过孩子

火 III

把绝句和念词拓在历史的青烟上
拥抱年迈的树和想要离去的爱人
让他们比来时更隆重
揉搓美丽的弃物
以裂痕为皈依的印记
送信去桥的对岸,从不回复
闲暇之余,燎烧七八副精致的皮囊
肉香弥漫,铅华成灰
给红尘熏一层殷色

我携一缕残火,为人间画影

有鱼说 V

整个秋天，与湖泊对峙，若隐若现的波纹
来自溺水者深邃的叹息，从盛唐回荡到昨晚

被星光执掌的影子，不仅是黑暗的褶皱
也是夜行者穿梭于彼岸与秘境之间的度牒

我要做你的月亮，永远只以光明的一面对你
你是我在大雨中等待的一枚雪花

尘世中的男女，垂涎彼此的面具，耳鬓厮磨直到千疮百孔
换一个爱人，就换一副面具，崭新如婴儿的皮肤

观星者言

第十一次转世，我厌倦了和世人说话
开始游历远离烟火的孤寂之地
为的是静心观察一颗星星

春天，我在沙漠，她是夜空的美人痣
秋天，我在雪山顶端，仿佛可以触摸她柔软的光环
我就这么一直看着她，夜里欣赏，白天思考

在星星之中，她拥有最多色彩，和创世之初的充沛
她划过众星勇敢地奔赴未知，沿途洒下耀眼的光
作为一颗年幼的星星，整个宇宙将是她的征途
作为一个苍老的观星者，我想试试此生参透一颗星星，参透她

我收藏她的光，仔细研读
借此想象她的气息和神采、她的纯白和暗紫、她的今世和来生
我把她画下来，画一幅万梦归一图
我也向她发光，我围绕篝火用佾舞搅动光影
把诗刻在火里，化作一道光箭，射向她，融入她
为她的光芒添一道新的颜色
也许在她的眼里，我也是一颗遥远的星星
当我黯淡后，她会怀着我的一丝光芒继续飞驰

就这样，我们在宇宙的尺度上，以光为信

问候，猜谜，谈心

我们各自探险，一起做梦，梦的游丝穿过银河和虚空

缠绕在一起，成为联结我们的弦

我们是彼此的风筝

枯木辞 IV

江河断流，山石填海

惊慌的野兽奔袭在废土之上
风中塞满人们的喧嚣和腥臊

城池的边界如潮汐
退去之后给大地留下文明的疤痕

红色巨浪拉我扯我，在我身上雕蚀异想的碎锦和繁花
飘零变幻中，我从容生长，度过漫长的一生

百年之后，一个流浪的人抚摸着我说——
这棵干枯的老树，是帝国的无字碑啊

未来的妖怪 VIII：补梦师

　　霈玓诞生于一个梦。霈玓的头上有七彩的发丝，皮肤有七彩的纹路，瞳孔有七彩的光。妖怪们都觉得霈玓很好看，如果不是因为妖怪不结婚，霈玓一定会有很多追求者。

　　霈玓可以随意进出梦境。在梦里，霈玓是无色的、隐身的。小时候，霈玓很喜欢在别人的梦里留下"霈玓到此一游"的字迹。后来听说这么做不文明，霈玓就不这么做了。霈玓每天在各式各样的梦里游荡，总想做些什么。给梦里加一个美人、一次灾难或者一场战争？霈玓都试过。如此行为时常会影响梦的主人，或打鼾，或翻身，或惊醒，霈玓也常常因此被甩出梦境。久而久之，霈玓在梦里只是静静观赏，看花海连天而不摘，看风过树梢而不追，看雪落庭院而不踩……

　　霈玓发现梦没有结局。是的，每个梦都有起始，但每个梦都没有结局。没有人能回忆起梦的 ending。所有梦未完成就被主人遗弃了——这无疑是一个大发现。霈玓想让梦完整，于是她找到一些旧梦，给它们补齐结局。既然都是旧梦了，对它们做任何事情也不会影响梦的主人，况且霈玓只是为它们补齐缺失的结局，严格遵循之前的走向、形状和风格。霈玓找到了一个可以为之奋斗终生的事业——做一个补梦师。霈玓计划补齐一万个梦的时候，建立一个补梦博物馆，向世人展示各种完整的梦。不过，霈均觉得有点奇怪，每次补好一个梦，梦就像快乐的小鸟，伴着一道光嗖的一下飞走了。也许梦完整了就会到处乱跑吧。管他呢，或者写补梦回忆录也行。

有一次，霈均闯入了一个七彩的梦。梦很少有颜色，有七种颜色的梦在人类历史上更是屈指可数。这个梦很好看，霈均沉浸在其中，像回到家一样，自己也显现出颜色，而不是在其他梦中的无色。霈均趴在云朵上欣赏着梦中的一切。这个梦讲述了一个少女的冒险，从森林边的小屋出发，穿过沙漠和大海，到达月亮栖息的小岛时突然停止了。整个梦像一段半截身子探入巨大黑洞的彩虹。

多么遗憾啊，如果这个梦拥有一个完美的结局那该多好，就像天使拥有了翅膀，星星拥有了光芒，流浪者拥有了希望。霈均决定给这个梦一个最绚丽的结局。她回忆读过的所有小说、看过的所有绘画、听过的所有音乐、见过的所有梦，在这个七彩的梦里待了一个世纪，把自己修炼成了一个等待爆发的造物者。在用掉了三万页草稿之后，霈均依然想不出满意的构思。

最后一天，霈均在梦里四处游荡。她已经在这里皓首穷经很久了，对梦的每一寸都很熟悉——树上长着七种颜色的叶子，风一吹，叶子会依照"红橙黄绿青蓝紫"的顺序依次落下。溪水也有七种颜色，像是七匹锦缎整齐排布，浪花和漩涡也执拗地坚持着颜色的队列。一切都是七彩的，除了天上那个戛然而止的突兀的缺口。霈均仰起头，看着缺口，一百年来它吸食着自己的想象力，无休无止。突然，霈均发现自己对于梦本身太过专注了，而对于梦的缺口则忽略了许久。此刻，霜玓对缺口产生了好奇，它是有材质的还是绝对虚空？它是否有形状？如果向缺口抛进一个石子会有什么后果，会被排斥还是吞噬？缺口是否有自己的诉求，是否可以聆听……霜玓迫不及待地飞到缺口面前。此刻缺口像一面黑色的巨墙，从梦的一端而来，绵延向梦的另一端。对着缺口，霜玓吹了口气，没有涟漪。霜玓喊了一声，没有回声。缺口像是一只巨大的黑色眼睛，无声无息注视着霜玓。霜玓决定，去触摸缺口，和缺口握手。当指尖触碰到缺口的那一刻，一片七彩的颜色浸染开来，像光一样扩散，飞速且不可阻挡。接着巨大的七彩涟漪像是骑兵一样在黑色的平原上驰骋，向远方冲去。而霜玓已经不能逃逸了，她的身体化作颜料，被吸进了缺口。手指，手腕，手臂，肩膀……当霜玓的整个身体都没入时，缺口被填满了。霜玓用自己为梦添上了最后一笔，这个梦完美地结束了。霜玓则像汇入大海的水滴，无影无踪，或者说完美地融入进了梦，成为梦的一部分。原来这里就是诞生霜玓的梦。霜玓作为结局回归了母体。

霜玓消失了。

南风揽梦入华夏①

江南拨弄琵琶，长城外采蒹葭
策马向前方随风逐飞花
快乐的少侠啊，潇洒走四方
千里江山揽梦入华夏

大漠收藏风沙，长河里洒牵挂
高山在远方大路在脚下
快乐的少侠啊，勇敢走四方
夕阳西下孤影向烟霞

故乡好宁静，远方多繁华
与影子共舞，和星星说话
期待着一路上良辰与美景
立志我要到天边去开花

千年很灿烂，盛放在当下
青春好时光，回首即天涯
看遍了天地间故事与传说
心安的地方就是我的家

① 本篇为歌词。演唱：南梦夏。

图书在版编目（CIP）数据

多梦植物 / 默木著. -- 武汉：长江文艺出版社，
2024.8
ISBN 978-7-5702-3566-7

Ⅰ. ①多… Ⅱ. ①默… Ⅲ. ①诗集－中国－当代
Ⅳ. ①I227

中国国家版本馆 CIP 数据核字(2024)第 095438 号

多梦植物
DUOMENG ZHIWU

责任编辑：王成晨　　　　　　　　　　　责任校对：毛季慧
封面设计：童　凌　　　　　　　　　　　责任印制：邱　莉　　王光兴
插　　画：童　凌

出版：长江出版传媒　长江文艺出版社
地址：武汉市雄楚大街 268 号　　　　邮编：430070
发行：长江文艺出版社
http://www.cjlap.com
印刷：湖北新华印务有限公司

开本：880 毫米×1230 毫米　　　1/32　　印张：5.25
版次：2024 年 8 月第 1 版　　　　　　2024 年 8 月第 1 次印刷
行数：3208 行

定价：58.00 元

默木@小红书